A   Madame La Marquise

Defillery , gouvernante

Des enfants De S. A. S. M.gr le duc D'orléans,
                    c — _ — ,

pour que mes vers soient avoués des grâces
C'est à vos pieds qu'il faut les deposer.
                    c — _ — ,

ÉPÎTRE

A MON POËLE;

DÉDIÉE A MES AMIS.

ÉPÎTRE

A MON POËLE,

DÉDIÉE A MES AMIS.

Par M. l'Abbé D'AURIOL DE LAURAGUEL.

Et plût au ciel encor, pour couronner l'ouvrage,
Que Delille voulût lui donner son suffrage.
Sillery

A PARIS,

Chez les Marchands de Nouveautés.

M. DCC. LXXXVII.

Mes amis, j'ai osé chanter les faveurs de mon poële, notre commun bienfaiteur, pour être plus à même de vous payer le tribut de reconnoissance que je vous dois : vous daignez visiter, dans sa petite cellule, un pauvre reclus du Parnasse ; vous venez charitablement égayer mes loisirs : recevez donc mon hommage, il est digne de vous, puisque le sentiment l'a dicté : le tableau de mes récréations littéraires vous appartenoit de droit ; vous m'en avez fourni tous les traits : Ah ! puissiez-vous sourire un moment, en reconnoissant votre ouvrage.

ÉPÎTRE

A MON POËLE.

O TOI ! de mon réduit ornement salutaire,
Qui, par d'utiles feux, ménagés dans tes flancs,
Même au sein des hivers rappelles le printemps,
Et m'en fais respirer l'agréable atmosphère;
Salut, inspire-moi : je chante tes faveurs.
Oui, je le sens déja, ta chaleur me pénètre;
Sur l'hélicon glacé je laisse les neufs sœurs :
Sois le dieu de mes vers, puisque tu les fais naître.
    Lorsque, tyrans nouveaux de l'empire des airs,
Les vents osent flétrir la riante parure
De nos champs désolés qu'ils changent en déserts,
Et fatiguent nos toits par leur affreux murmure;
Quand du pâle Phœbus le disque nébuleux
Sous des tapis de neige a voilé la nature
Et d'un blanc monotone importune nos yeux :
Oh ! qu'il est doux alors d'environner en groupe
De ton étroit contour l'espace irrégulier;
Où le plus paresseux de la frilleuse troupe

A 3

Brûle d'avoir un rang, fût-il même au dernier.
L'un glisse adroitement une jambe timide,
Et s'applaudit de voir qu'il n'est point épié :
Avec sa large main un autre plus avide
De ta chaude surface envahit la moitié.
Celui-ci trop modeste, et qui tout bas soupire
Du partage inégal qui le tient exilé,
Est content, s'il a pû, dans son coin reculé
T'effleurer de ses doigts, qu'à l'inftant il retire.
Celui-là de ton tube affrontant la chaleur,
Ose le caresser d'une main familière ;
Un feu vengeur punit le jeune téméraire :
Sa grimace et son geste ont trahi sa douleur.

Pour moi, maître du lieu, chef de cette assemblée,
Mon ame n'est jamais d'un tel souci troublée :
Sur un fauteuil placé dans le poste d'honneur,
De mon corps nonchalant repose la langueur.
C'est un trône pour moi : le seul auquel j'aspire ;
Quel monarque souvent n'envîroit le bonheur
D'être le petit roi de mon petit empire !
Par un lien commun tous les membres unis
M'offrent dans mes sujets un cercle heureux d'amis.
Approche, toi surtout confident de ton maître,
Toi le Sulli nouveau de ton nouvel Henri,
Dont le cœur délicat, quand j'ai pû le connoître,
En toi me fit trouver un digne favori.
Au sein de mes états ta place respectée
Ne peut être jamais par le sort disputée :

Un trône égal confond le sujet et le roi ;
Je commande à mon peuple, et n'obéis qu'à toi.
    Mon œil te cherche en vain dans la troupe choisie
Assidu courtisan du dieu de l'harmonie ;
J'applaudis à l'objet de tes justes transports :
Ma jalouse amitié permet à Polymnie
De partager ton cœur, qu'enflamment ses accords.
Mais d'un goût exclusif évite la manie ;
Ta muse a d'autres sœurs ; viens leur faire ta cour ;
Elles honoreront avec toi mon séjour.
    Les chefs-d'œuvres pompeux de la noble éloquence,
Que par un sot orgueil dédaigne l'ignorance,
Occupent nos loisirs toujours laborieux,
Autrefois nos travaux, et maintenant nos jeux.
Nous voyons du génie étinceler la flamme ;
Auprès de mon foyer, commodément assis,
Je crois bien mieux sentir ces immortels écrits ;
Et la chaleur du corps a passé dans mon ame.
    Thomas fait admirer à mon œil enchanté
Des traits de son pinceau la sublime fierté.
Oui, lorsqu'interrogeant l'ombre de Marc-Aurele,
Il offre un sage au monde, aux princes un modèle,
L'ame du demi-dieu, l'ame de l'orateur
Pour moi d'un même culte ont mérité l'honneur.
Ma muse par l'erreur seroit-elle abusée,
Quand elle me fait voir Thomas dans l'Élysée ?
Le chantre des héros, devenu leur rival,
Dans l'empire des morts doit marcher leur égal.

A 4

Mais il accourt déja , du fond de nos écoles ;
Cet ami des anciens , d'un beau zèle enivré ,
Qui méprisant l'hommage à Thomas consacré ,
Me ramène tremblant aux pieds de ses idoles.

Ma main , sans balancer , eût saisi l'encensoir.
D'admirer les anciens , d'en faire mon étude ,
Mon cœur reconnoissant conserve l'habitude ;
C'est un besoin pour moi : ce n'est plus un devoir.
De ces maîtres chéris partisan fanatique ,
Ne puis-je cependant quitter Rome ou l'Attique ?
Dans le temple du goût, François, Grecs ou Romains
Rapprochés à mes yeux sont tous contemporains.
Souvent pour Despréaux j'ai posé mon Horace :
Virgile à ses côtés permet de prendre place.
Le poëte fécond , dont la voix tour-à-tour
Célébra les héros , et les dieux et l'amour,
Ovide , des lauriers dont sa tête est chargée ,
Sans regret voit ici la moisson partagée.
L'un de son art d'aimer copia les leçons.
Celui-là , plus heureux pour le choix du modèle,
Et d'un luth amolli négligeant les doux sons,
Dans ses fastes sacrés soutient le parallèle.
Qu'une satyre injuste ait dénigré l'auteur ;
Que par de froids bons mots la bouche de l'envie
Ait profané les dons de son mâle génie ,
Le Mierre (1) , un seul moment souffre-moi pour
    vengeur.

(1) Les fastes de M. le Mierre , dont je fais ici l'éloge par reconnois-

Par-tout je vois briller le feu de ta saillie ;
Et chez toi la raison embrasse la folie.
Ton joyeux Apollon semble avoir emprunté
Du rire de Momus la piquante gaîté.
Mille fleurs à la fois sous ta main sont écloses :
Le style de tes vers, fortement prononcé,
Des couleurs du sujet est toujours nuancé ;
Protée ingénieux, Ovide t'a laissé
Sans doute le secret de ses métamorphoses.
Un censeur pointilleux calcula tristement,
Je le sais, les vers durs, échappés à ta verve ;
Le fonds plus riche alors supplée à l'ornement :
Quand Vénus t'abandonne, on retrouve Minerve.
Ta muse originale égaya mes loisirs ;
Et ma muse à son tour t'a payé ses plaisirs.

    Ainsi coulent pour moi des heures fortunées
A ces jeux de l'esprit noblement destinées.
Un jeune essaim d'amis, jaloux de mon bonheur,
En goûte près de moi l'innocente douceur.
Qu'un peuple d'ignorants, par des riens inutiles,
Porte en tribut l'ennui dans nos cercles futiles ;
Jamais l'oisiveté, sûre d'un froid accueil,
De mon asyle heureux n'osa franchir le seuil.

---

sance, sont, à mon gré, un des ouvrages les plus piquants que les muses françoises aient pû produire. Censeurs intraitables, lisez le morceau sur un clair de lune, un autre sur l'étiquette des cours, et sur les farces burlesques de la rue St. Antoine : la cavalcade des huissiers, et la description du *Landi*, respirent une gaieté originale, et l'auteur, dans ce genre, paroît n'avoir point de rival.

Munis du passeport, qui seul doit les admettre,
Tous viennent à l'envi flatter les goûts du maître.
L'un fait en souriant résonner sous ses doigts
Du sensible Berquin le champêtre hautbois ;
La vertu que peignit l'auteur dans son ouvrage,
Fait croire que son cœur en a tracé l'image.
Un autre, pour répondre à des sons si touchants,
Du tendre Léonard répète les accents.
De ces dignes rivaux la muse fraternelle
Nous offre tous les traits de Gesner leur modèle ;
Et l'Idylle, autrefois contente d'amuser,
Sous leurs riants pinceaux sait nous intéresser.
Le chantre ingénieux de Flore et de Pomone,
Qui, du sage Virgile, interprète brillant,
Voit un nouveau fleuron embellir sa couronne,
Delille nous enchante, en dépit de Cl**ent.
Sous le modeste habit d'une simple bergère
Ta muse, Florian, trouva l'art de nous plaire ;
Nous aimons Galatée, et le chapeau de fleurs,
Dont tu paras son front, pour mieux charmer nos
      cœurs.
Des vertus de Numa la touchante peinture,
Fait même à tes censeurs admirer la nature.
  O vous, à qui je dois de si doux passetemps,
Pardon : je ne viens point, d'une ardeur insensée,
Dresser un tribunal dans mon humble musée,
Et, singe de Boileau, vous assigner des rangs :
Que d'un critique obscur la main lourde et pesante

Enlève à Despréaux sa férule imposante ;
Pour moi, sans les juger, je chéris vos talents.

Par un secret penchant tandis que je m'amuse
A louer vos écrits, à chanter mes plaisirs,
Quel spectacle, fixant les écarts de ma muse,
De mes goûts sensuels réveille les desirs.
Je le vois : mon foyer près de lui me rappelle ;
Et sans doute il m'annonce une faveur nouvelle.

Dans ses flancs entr'ouverts, un habile artisan
Pratiqua de son four l'utile enfoncement :
J'en bénis chaque jour la découverte heureuse.
C'est là, que, dans un vase avec soin recueillis,
Par un feu modéré lentement amollis,
Des fruits laissent couler leur liqueur savoureuse :
Et leur goût moins piquant, à ma foible santé
Ne fait plus craindre encor leur verte crudité.
D'un sucre rafiné la poudre bienfaisante
A coloré bientôt leur surface bouillante :
Sa douceur les corrige ; et ma main sagement,
Formée à cet emploi, ménage son présent.
Du vase cependant s'élève une fumée ;
J'en respire à longs traits la vapeur embaumée :
Encens bien doux pour moi : sa délicate odeur
Flatte mon odorat, sans affadir mon cœur.
Mais peut-être déja, trompé par ma peinture,
Plus d'un lecteur me croit disciple d'Epicure.
Par un modeste aveu, je vais à la raison
De mon luxe mesquin demander le pardon.

Ces fruits que, l'or en main, marchande la richesse
Pour étaler son faste, ou nourrir sa mollesse,
Jamais de mon séjour n'osèrent approcher;
L'utile pauvreté me défend d'y toucher.
Étrangers au climat d'un stérile Parnasse,
Ils me feroient payer chérement mon audace ;
Ils ne doivent orner que la table des dieux.
Vainement d'un beau fruit la flatteuse apparence
A mon friand palais promet la jouissance
D'un plaisir plus réel que celui de mes yeux :
Ma bouche sacrifie un plaisir ruineux ;
Et sans craindre pour moi le sort du premier homme,
Je mords vingt fois le jour à la fatale pomme.
Mes amis, sans rougir, pour prix de leur ardeur,
D'une pomme souvent ont brigué la faveur :
Et ce léger repas que la faim assaisonne
Sert d'entr'acte à nos jeux, et toujours les couronne.
L'amitié s'entretient par ces minces cadeaux :
On fait, en bien mangeant, l'éloge des morceaux.
C'est ainsi que mêlant l'agréable à l'utile,
Les muses font ici chérir leur domicile.
La foule à mon réduit s'arrache lentement,
Pour revoler bientôt où le plaisir l'attend.
Alors, ô mon foyer, n'est-ce pas ta présence
Dont le charme adoucit les rigueurs de l'absence.
Solitaire, pensif, je dois à ta chaleur
D'un sommeil imprévu l'insensible langueur;
Et d'un songe souvent l'illusion chérie

Me fait, auprès de toi, retrouver ma patrie.
Oui je crois habiter ton vallon enchanteur,
O Limoux ! (1) je vois l'Aude et sa rive fleurie;
J'embrasse avec transport une mère attendrie :
Ah ! le destin jaloux, qui m'ôta mon bonheur,
N'a pû m'ôter du moins ma douce rêverie.
O Penates sacrés ! ô Toit de mes ayeux,
Quand renaîtront pour moi ces jours délicieux,
Que j'ai vu s'écouler, trop-tôt pour ma tendresse,
De mes chastes plaisirs qui me rendra l'yvresse !
J'aimois, j'étois aimé; c'étoient là tous mes vœux ;
Et j'avois épuisé le secret d'être heureux.
Reçois de ma douleur l'expression sincère
O ma plus tendre amie, ô respectable mère !
Je te dois le tribut de mes justes regrets :
Rappeller mes plaisirs, c'est nommer tes bienfaits.
Peindrai-je de ton cœur la vive inquiétude ;
De mes amusemens tu fésois ton étude.
Quelquefois par ton ordre un vigoureux coursier
Emportoit loin de toi son timide écuyer,
Qui fatigué soudain de trotter dans la plaine,
Revenoit à tes pieds, sans force et sans haleine.
Tantôt à mon retour je voyois les saisons

---

(1) L'auteur auroit pû s'étendre sur l'éloge de la ville de Limoux ;
il auroit vanté, à juste titre, la douceur du caractère de ses habitants,
la beauté de son climat, et la riche variété de ses productions. On con-
noit son vin blanc, nommé plus communément *blanquette* ; son goût approche de celui du vin blanc d'Arbois ; et je ne déciderai point lequel de
ces deux vins doit gagner à la comparaison.

Sur un riche buffet me prodiguer leurs dons ;
La grappe dans sa fleur brilloit humide encore
De ces pleurs, qu'au matin répand la jeune Aurore ;
Et la pêche vermeille, à mon œil satisfait
Montroit avec orgueil sa pourpre et son duvet.
Tantôt des souvenirs, pour toi si pleins de charmes,
Coupoient nos entretiens par un torrent de larmes :
Je volois dans tes bras ; et pour te consoler,
Ton fils, digne de toi, ne savoit que pleurer.

   Du fond de mon exil, puisse ma voix touchante
Ranimer de nouveau ton ame languissante !
Helas ! si du devoir l'impérieuse loi
Sous un triste climat m'enchaîne loin de toi ;
Songe qu'à tes côtés, pour charmer ton veuvage
Benjamin reste encore, ou du moins son image (1).
   Mon esprit abusé par un songe si beau
De ma félicité fixe en vain le tableau :
Un prompt réveil détruit ma riante chimère :
Ah ! mon cœur a joui.... j'ai parlé de ma mère.
   De ma reconnoissance, ô foyer bienfaisant,
Couronnons à propos le foible monument.

---

(1) L'auteur a envoyé son portrait à sa mère, dessiné par A. Pujos. Je ne puis faire un plus bel éloge de cet artiste célèbre, qu'en citant ces quatre vers, qui lui ont été adressés par M. Lebrun.

   Pujos, dans tes desseins, quelle docte magie,
     Quelle flatteuse vérité !
     Tes crayons respirent la vie,
     Et donnent l'immortalité.

Long-temps je te néglige ; et ma muse peut-être
Verroit avec ton feu sa chaleur disparoître.

---

*IMPROMPTU très-réel, et nullement prémédité,
fait à l'Auteur, après la lecture de son Épître.*

Parmi tant de titres divers
Choisissez désormais avec plus de justesse ;
Non, croyez-moi, vos jolis vers
N'iront jamais à leur adresse.

Par M. l'Abbé M * * * du C. de L. L. G. et condisciple de l'Auteur.

Nota. Les personnes mécontentes de cet Opuscule badin, peuvent réaliser son titre, et l'envoyer à son adresse, nonobstant l'ingénieux madrigal.

Lu et approuvé, ce 25 Janvier 1787. DE SAUVIGNY.

Vu l'Approbation, permis d'imprimer le 26 Janvier 1787.
DE CROSNE.